O verão e as mulheres

RUBEM BRAGA

O verão e as mulheres

São Paulo
2021

global
editora

11ª Edição, Global Editora, São Paulo 2021

Jefferson L. Alves – diretor editorial
Gustavo Henrique Tuna – gerente editorial
André Seffrin – coordenação editorial
Flávio Samuel – gerente de produção
Vanessa Oliveira – coordenação de revisão
Tatiana Souza e Adriana Bairrada – revisão
Valmir S. Santos – diagramação
Eduardo Okuno – projeto gráfico
Victor Burton – capa

Dados Internacionais de Catalogação na Publicação (CIP)
(Câmara Brasileira do Livro, SP, Brasil)

Braga, Rubem, 1913-1990
O verão e as mulheres / Rubem Braga. — 11. ed. —
São Paulo : Global Editora, 2021.

ISBN 978-65-5612-171-0

1. Crônicas brasileiras. I. Título.

21-78875 CDD-B869.8

Índices para catálogo sistemático:

1. Crônicas : Literatura brasileira B869.8
Cibele Maria Dias - Bibliotecária - CRB-8/9427

Obra atualizada conforme o
NOVO ACORDO ORTOGRÁFICO DA LÍNGUA PORTUGUESA.

Global Editora e Distribuidora Ltda.
Rua Pirapitingui, 111 — Liberdade
CEP 01508-020 — São Paulo — SP
Tel.: (11) 3277-7999
e-mail: global@globaleditora.com.br

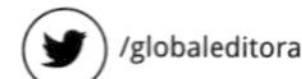

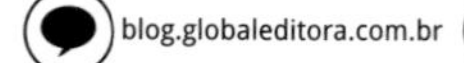

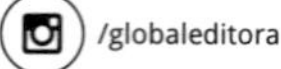

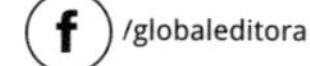

Nº de Catálogo: **4505**

Arquivo-Museu de Literatura Brasileira/Fundação Casa de Rui Barbosa – RJ.

Nota da Editora

Coerente com seu compromisso de disponibilizar aos leitores o melhor da produção literária em língua portuguesa, a Global Editora abriga em seu catálogo os títulos de Rubem Braga, considerado por muitos o mestre da crônica no Brasil. Dono de uma sensibilidade rara, Braga alçou a crônica a um novo patamar no campo da literatura brasileira. O escritor capixaba radicado no Rio de Janeiro teve uma trajetória de vida de várias faces – repórter, correspondente internacional de guerra, embaixador, editor –, mas foi como cronista que se consagrou, concebendo uma maneira singular de transmitir fatos e percepções de mundo vividos e observados por ele em seu cotidiano.

Sob a batuta do crítico literário e ensaísta André Seffrin, a reedição da obra já aclamada de Rubem Braga pela Global Editora compreende um trabalho minucioso no que tange ao estabelecimento de texto, considerando as edições anteriores que se mostram mais fidedignas e os manuscritos e datiloscritos do autor. Simultaneamente, a editora promove a publicação de textos do cronista veiculados em jornais e revistas até então inéditos em livro.

Ciente do enorme desafio que tem diante de si, a editora manifesta sua satisfação em poder convidar os leitores a decifrar os enigmas do mundo por meio das palavras ternas, despretensiosas e, ao mesmo tempo, profundas de Rubem Braga.

Nota

Escolhi as crônicas deste livro entre as que publiquei, de janeiro de 1953 a fevereiro de 1955, no *Correio da Manhã* do Rio e em vários jornais dos Estados.

A ordem é cronológica; alguns títulos foram mudados. Dedico o livro aos dois velhos amigos Zico e Carybé, que também se assinam Newton Freitas e Hector Bernabó.

R. B.

Rio, janeiro de 1956

Sumário

O verão e as mulheres
(A cidade e a roça)

Opala

Vieram alguns amigos. Um trouxe bebida, outros trouxeram bocas. Um trouxe cigarros, outro apenas seu pulmão. Um deitou-se na rede, e outro telefonava. E Joaquina, de mão no queixo, olhando o céu, era quem mais fazia: fazia olhos azuis.

Já do Observatório me haviam telefonado: "Vento leste, águas para o Sul, atenção, senhores cronistas distritais, o diretor avisa que Joaquina hoje está fazendo olhos azuis."

Às 19 horas enviei esta mensagem: "Confidencial para o Diretor. Neste momento uma pequena nuvem a boreste deste apartamento dá uma tonalidade levemente cinza ao azul dos olhos de Joaquina, que está meditando nessa direção. A bordo, todos distraídos, mas este Cronista Distrital mantém sua eterna vigilância. Lábios sem pintura de um rosa muito pálido combinam perfeitamente tonalidade cinza do azul referido."

A voz roufenha do Diretor: "Caso necessário, dispomos de um canteiro de hortênsias, tipo Independência Petrópolis, igualmente duas ondas de Cápri às cinco da tarde de agosto 1951, considerada uma das melhores safras de azul de onda último quarto de século."

Respondo secamente: "Desnecessário."

À meia-noite sentimos que o apartamento estava mal apoitado no bairro e derivava suavemente na direção da lua. Às seis da manhã havia uma determinada tepidez no ar quase imóvel e duas cigarras começaram a cantar em estilo vertical. Às sete da manhã seis homens vieram entelhar o edifício vizinho, e um deles assobiava uma coisa triste. Então uma terceira cigarra acordou, chororocou e ergueu seu canto alto e grave como um pensamento. Sobre o mar.

Joaquina dormia inocente dentro de seus olhos azuis; e o pecado de sua carne era perdoado por uma luminescência mansa que se filtrava nas cortinas antigas. Havia um tom de opala. Adormeci.

Janeiro, 1953

Homem no mar

De minha varanda, vejo, entre árvores e telhados, o mar. Não há ninguém na praia, que resplende ao sol. O vento é nordeste, e vai tangendo, aqui e ali, no belo azul das águas, pequenas espumas que marcham alguns segundos e morrem, como bichos alegres e humildes; perto da terra a onda é verde.

Mas percebo um movimento em um ponto do mar; é um homem nadando. Ele nada a uma certa distância da praia, em braçadas pausadas e fortes; nada a favor das águas e do vento, e as pequenas espumas que nascem e somem parecem ir mais depressa do que ele. Justo: espumas são leves, são feitas de nada, toda sua substância é água e vento e luz, e o homem tem sua carne, seus ossos, seu coração, todo seu corpo a transportar na água.

Ele usa os músculos com uma calma energia; avança. Certamente não suspeita de que um desconhecido o vê e o admira, porque ele está nadando na praia deserta. Não sei de onde vem essa admiração, mas encontro nesse homem uma nobreza calma, sinto-me solidário com ele, acompanho o seu esforço solitário como se ele estivesse cumprindo uma bela missão. Já nadou em minha presença uns 300 metros; antes, não sei; duas vezes o perdi de vista, quando ele passou atrás das árvores, mas esperei com toda confiança que reaparecesse sua cabeça, e o movimento alternado de seus braços. Mais uns 50 metros e o perderei de vista, pois um telhado o esconderá. Que ele nade bem esses 50 ou 60 metros; isto me parece importante; é preciso que conserve a mesma batida de sua braçada, e que eu o veja desaparecer assim como o vi aparecer, no mesmo rumo, no mesmo ritmo, forte, lento, sereno. Será perfeito; a imagem desse homem me faz bem.

É apenas a imagem de um homem, e eu não poderia saber sua idade, nem sua cor, nem os traços de sua cara. Estou solidário com ele, e espero que ele esteja comigo. Que ele atinja o telhado vermelho, e então eu poderei sair da varanda tranquilo, pensando – "vi um homem sozinho, nadando no mar; quando o vi, ele já estava nadando; acompanhei-o com atenção durante todo o tempo, e testemunho que ele nadou sempre com firmeza e correção; esperei que ele atingisse um telhado vermelho, e ele o atingiu".

Agora não sou mais responsável por ele; cumpri o meu dever, e ele cumpriu o seu. Admiro-o. Não consigo saber em que reside, para mim, a grandeza de sua tarefa; ele não estava fazendo nenhum gesto a favor de alguém, nem construindo algo de útil; mas certamente fazia uma coisa bela, e a fazia de um modo puro e viril.

Não desço para ir esperá-lo na praia e lhe apertar a mão; mas dou meu silencioso apoio, minha atenção e minha estima a esse desconhecido, a esse nobre animal, a esse homem, a esse correto irmão.

Janeiro, 1953

O ORADOR

Ônibus pintados de vermelho e amarelo, automóveis, caminhões se cruzam na manhã paulistana. Entre plátanos e palmeiras passam normalistas, e ora atravessam zonas de sombra clara, ora seus cabelos brilham ao sol. Há homens rápidos. Tudo está amanhecendo com tanta força, que eu também amanheço de remotas aflições, eu emerjo com energia das sombras da noite e me planto na varanda, ao sol. Vou ao chuveiro, a água me bate com força alegre, volto à minha varanda, e nesta varanda alta, sobre os veículos e os transeuntes matinais, tenho a vontade insensata de fazer discursos.

"Paulistas! Mais um dia amanhece!" Seria preciso fazer um discurso assim, seria preciso ter uma voz poderosa e firme, capaz de deter os transeuntes – para lhes anunciar esta manhã, a sua glória e potência, e lhes dar a todos a consciência clara da manhã. Frases bem lavadas, úmidas de vigor matinal.

"Paulistas!" O homem de chapéu se deteria atônito, a normalista de cabelos castanhos, rindo, diria para a outra, me apontando – "olhe um homem maluco" (mas depois as duas ficariam sérias), e o rapaz de roupa cinzenta recearia que eu me fosse lançar da varanda ao solo para me matar, talvez caísse em cima dele.

"Paulistas! Vossa clara e forte manhã me faz bem, e digo ao povo e digo aos poderosos caminhões, e às grandes árvores e ao sol: obrigado! E à brisa da manhã eu agradeço e digo: leva para longe, leva pelos ares cheios de sol os restos de minha tristeza noturna, lava o ar e a alma deste homem, brisa! Eu estou sólido e limpo! Respiro fundo, tenho prazer em respirar e viver, sou capaz de fazer a justa guerra e empreender imediatamente a reconstrução das cidades, vou embarcar nas monções, trarei pedras e índios e horizontes largos – contai comigo, manhã paulista!"

Mas permaneço calado, de pé, parado, ao sol, na varanda, perante as árvores altas, mais alto que as árvores mais altas. Dissipam-se em mim os venenos da noite. Talvez apenas o meu corpo estremeça um pouco. Talvez apenas eu receie sair da zona do vento e da luz, reentrar na sombra do quarto, reencontrar no espelho o homem torturado e vazio, aquele cujo coração alguém pôde apertar nas mãos de unhas finas, dolorosamente, e jogá-lo ao chão como se fosse um lenço usado, aquele a quem no fundo da noite deram a beber os filtros da melancolia – aquele homem fraco e aflito, aquele insensato.

Janeiro, 1953

Recado ao senhor 903

Vizinho –

Quem fala aqui é o homem do 1003. Recebi outro dia, consternado, a visita do zelador, que me mostrou a carta em que o senhor reclamava contra o barulho em meu apartamento. Recebi depois a sua própria visita pessoal – devia ser meia-noite – e a sua veemente reclamação verbal. Devo dizer que estou desolado com tudo isso, e lhe dou inteira razão. O regulamento do prédio é explícito, e se não o fosse, o senhor ainda teria ao seu lado a Lei e a Polícia. Quem trabalha o dia inteiro tem direito ao repouso noturno, e é impossível repousar no 903 quando há vozes, passos e músicas no 1003. Ou melhor: é impossível ao 903 dormir quando o 1003 se agita; pois como não sei o seu nome nem o senhor sabe o meu, ficamos reduzidos a ser dois números, dois números empilhados entre dezenas de outros. Eu, 1003, me limito a leste pelo 1005, a oeste pelo 1001, ao sul pelo Oceano Atlântico, ao norte pelo 1004, ao alto pelo 1103 e embaixo pelo 903 – que é o senhor. Todos esses números são comportados e silenciosos; apenas eu e o Oceano Atlântico fazemos algum ruído e funcionamos fora dos horários civis; nós dois, apenas, nos agitamos e bramimos ao sabor da maré, dos ventos e da lua. Prometo sinceramente adotar, depois das 22 horas, de hoje em diante, um comportamento de manso lago azul. Prometo. Quem vier à minha casa (perdão, ao meu número) será convidado a se retirar às 21:45, e explicarei: o 903 precisa repousar das 22 às 7, pois às 8:15 deve deixar o 783 para tomar o 109 que o levará até o 527 de outra rua, onde ele trabalha na sala 305. Nossa vida, vizinho, está toda numerada; e reconheço que ela só pode ser tolerável quando um número não incomoda outro número, mas o respeita, ficando dentro dos limites de seus algarismos. Peço-lhe desculpas – e prometo silêncio.

... Mas que me seja permitido sonhar com outra vida e outro mundo, em que um homem batesse à porta do outro e dissesse: "Vizinho, são três horas da manhã e ouvi música em tua casa. Aqui estou." E o outro respondesse: "Entra, vizinho, e come de meu pão e bebe de meu vinho. Aqui estamos todos a bailar e cantar, pois descobrimos que a vida é curta e a lua é bela."

E o homem trouxesse sua mulher, e os dois ficassem entre os amigos e amigas do vizinho entoando canções para agradecer a Deus o brilho das estrelas e o murmúrio da brisa nas árvores, e o dom da vida, e a amizade entre os humanos, e o amor e a paz.

Janeiro, 1953

Lembranças

Zico Velho –

Aqui vamos pelejando neste largo verão. Escrevo com janelas e portas abertas, e a fumaça de meu cigarro sobe vertical. A única aragem é a das saudades; e por sinal que me aconteceu ontem lembrar um outro verão carioca de que nem eu nem você teremos saudade.

Cada um de nós tinha apenas um costume de casimira, e batíamos em vão as ruas do centro, a suar, procurando algum jeito de arranjar algum dinheiro; era horrível. Ainda hoje, quando passo pela esquina de Ouvidor e Gonçalves Dias me detenho um pouco, para gozar a pequena brisa que sempre sopra naquela esquina. Ali ficávamos os dois, abrindo o paletó, passando o lenço na testa: a brisa da esquina era amiga na cidade hostil. Na Avenida, olhávamos com inveja as pessoas que tomavam aquele espumoso refresco de coco da Simpatia; entrávamos em Ouvidor, parávamos um pouco na esquina e depois íamos à Colombo beber um copo de água gelada. A brisa e o copo de água da Colombo eram o nosso momento de oásis; e o copo de água traiu você!

Foi naquela porta (eu não estava nesse dia) que um sujeito da Polícia Política lhe bateu no ombro – e eu perdi por muito tempo o amigo e a sua clara gargalhada que me confortava naquele período de miséria e aflição. Escondi-me num subúrbio, depois fugi da cidade passando a barreira de "tiras" com uma carteira do Flamengo adulterada.

Essas coisas me fazem lembrar outras, também ásperas e tristes; estou num dia de lembranças ruins. Quando hoje vejo moços a falar no tédio da vida, tenho inveja: nós nunca tivemos tempo para sentir tédio. Como éramos pobres, como éramos duros! Um conterrâneo que a gente encontrava na rua e nos pagava meia dúzia de chopes na Brahma nos parecia um enviado de Deus; os chopes nos faziam alegres, e o gesto amigo nos enchia o coração; lembro-me de ter ido para casa a pé, sem 200 réis para o bonde, porque inteirara uma gorjeta de um desses enviados de Deus e rejeitara, como um príncipe, o dinheiro que ele me queria emprestar.

Sim, nós éramos estranhos príncipes; e as aflições e humilhações da miséria nunca estragaram os momentos bons que a gente podia surripiar da vida – uma boca fresca de mulher, a graça de um samba, a alegria de um banho de mar, o gosto de tomar uma cachaça pela madrugada com um bom amigo, a falar de amores e de sonhos.

Assim aprendemos a amar esta cidade; se o pobre tem aqui uma vida muito dura, e cada dia mais dura, ele sempre encontra um momento de carinho e de prazer na alma desta cidade, que é nobre e grande sobretudo pelo que ela tem de leviana, de gratuita, inconsequente, boêmia e sentimental.

Aníbal Machado, quando não tinha mais onde se esconder dos credores, passava o dia alegremente no banho de mar; e eu me lembro de uma noite em que não havia jantado e não sabia onde dormir, entrei ao acaso num botequim de Botafogo e um bêbedo desconhecido me deu um convite para um baile onde havia chope e sanduíche de graça.

Assim era esta cidade, e assim a conserve Deus, para salvar do desespero o pobre, o perseguido, o humilhado, e abençoá-lo com um instante de evasão e de sonho.

Quem lhe escreve, Zico, é um senhor quase gordo, de cabelos grisalhos; se algum rapaz melancólico ler esta correspondência entre velhos amigos, talvez ele compreenda que ainda se pode, à tardinha, ouvir as cigarras cantar nas árvores da rua; e, na boca da noite, aprender, em qualquer porta de boteco, os sambas e marchas do Carnaval que aí vem; que às vezes ainda vale a pena ver o sol nascer no mar; e que a vida poderia ser pior, se esta cidade fosse menos bela, insensata e frívola.

Janeiro, 1953

Madrugada

Todos tinham-se ido, e eu dormi. Mesmo no sonho, me picava, como um inseto venenoso, a presença daquela mulher. Via os seus joelhos dobrados; sentada sobre as pernas, na poltrona, descalça, ela ria e falava alguma coisa que não podia perceber, mas era a meu respeito. Eu queria me aproximar; ela e a poltrona recuavam, passavam sob outras luzes que brilhavam em seus cabelos e em seus olhos.

E havia muitas vozes, de homens e de outras mulheres, ruídos de copos, música. Mas isso tudo era vago: eu fixava a jovem mulher da poltrona, atento ao jogo de sombra e luz em sua testa, em sua garganta, nos braços: seus lábios moviam-se, eu via os dentes brancos, ela falava alegremente. Talvez fosse alguma coisa dolorosa para mim, eu percebia trechos de frases, mas ela estava tão linda assim, sentada sobre as pernas, os joelhos dobrados parecendo maiores sob o vestido leve, que o prazer de sua visão me bastava; uma luz vermelha corou seu ombro esquerdo, desceu pelo braço como uma carícia, depois chegou até o joelho. Eu tinha a ideia de que ela zombava de mim, mas ao mesmo tempo isso não me doía; sua imagem tão viva era toda minha, de meus dois olhos, e isso ela não me negava, antes parecia ter prazer em ser vista, como se meu olhar lhe desse mais vida e beleza, uma secreta palpitação.

Mas agora todos tinham sumido. Ergui-me, fui até a varanda, já era madrugadinha. Sobre o nascente, onde a barra do dia ainda era uma vaga esperança de luz, havia nuvens leves, espalhadas em várias direções, como se durante a noite o vento tivesse dançado no ar. Depois, aos poucos, foi se acendendo um carmesim, e sob ele o mar se fez quase verde. Eu ouvia a pulsação de um motor; um pequeno barco preto passava para oeste, como se quisesse procurar as sombras e precisasse pescar na penumbra. Imaginei a faina dos homens lá dentro, tomando café quente na caneca, arrumando suas redes, as mãos calosas puxando cabos grossos, molhados, frios, as caras recebendo o vento da madrugada no mar, aquele motor pulsando como um fiel coração. Duas aves de asas finas vieram de longe, das ilhas, passaram sobre meu telhado, em direção às montanhas. De longe vinha um chilrear de pássaros despertando.

Dentro de casa, no silêncio, parecia ainda haver um vago eco das vozes que tinham falado na noite: os móveis e as coisas ainda respiravam a presença de corpos e mãos. E a poltrona abria os braços, esperando recolher outra vez o corpo da mulher jovem. Apaguei as luzes, fiquei olhando o mar que a luz nascente fazia túmido. Uma brisa fresca me beijou. E havia um sossego, uma tristeza, um perdão, uma paciência e uma tímida esperança.

Fevereiro, 1953

O HOMEM DOS BURROS

"A burrama está forte devido ao capim-mimoso."

Íamos em um trem muito lento, de Teresina para São Luís. A certa altura a máquina teve de parar para esfriar. "Se ela continuar, se derrete", me explicaram. "Essa locomotiva é de bronze." Não acreditei; estaríamos sendo puxados pela estátua de uma locomotiva? "Pelo que já se gastou nesta estrada, moço, ela podia ter os trilhos de ouro." Mas o comerciante que me dizia essas coisas era muito chato. Preferi conversar com o homem dos burros.

Comprava-os a 400 cruzeiros em Cajazeiras, na Paraíba, vinha tocando pelo Ceará (Juazeiro, Crato, Coroatá), isso quer dizer umas 250 léguas, e se leva coisa de 36 dias, cada burro já chega a Coroatá valendo mais 400 cruzeiros e pesando menos uns 30 quilos. Um mês depois de invernado, era embarcado em trem para São Luís e ali em gambarras para Pinheiros, a 100 léguas de Belém do Pará. A essa altura, o burro já está valendo 1200 cruzeiros. Até ali em Coroatá, dos 300 burros paraibanos já tinham morrido 14. "O senhor pode calcular que 30 burros consomem um alqueire de milho num dia. Hein? Eu digo um alqueire, 45 quilos. O milho não está caro, comprei a seis cruzeiros quatro quilos. Uma burrama como essa de quase 300 animais precisa de uns 30 homens para tocar. A cada homem eu pago três cruzeiros por dia, com todas as despesas por minha conta."

E o homem, paciente, com pena de minha ignorância, me explicou que o burro é filho do cavalo com a jumenta.

Burro com égua dá "escancho", um burro pode cobrir 20, 30 éguas, não reproduz. Um burro bem zelado trabalha 30 anos, vive 40.

O comerciante entrou na conversa, falou dos impostos, se queixou outra vez da estrada, dos fretes, do governo, de tudo. O homem dos burros apenas sabia falar de burros – e na sua cara magra havia uma grande paz e conformação. "Negócio de levar burros já foi melhor, mas não é mau. E eu gosto de lidar com burros." Me ofereceu um cigarro de palha. Aceitei. Quieto, magro, simples, com seu bigode grisalho e sua roupa cáqui, ele não sabia que era um desses homens que ainda explicam e fazem a gente entender esse absurdo tranquilo que é a unidade nacional.

Fevereiro, 1953

Dalva

Foi no barbeiro. Chegou um rapaz que cumprimentou efusivamente o freguês da cadeira ao meu lado.

— Há quanto tempo!

E começou a perguntar por amigos comuns, pelos negócios, pela vida.

— E a Dalva, ainda está lá com você?

— Não. A Dalva agora tem um escritório dela mesma. Está muito bem.

— Que é que ela faz?

— Ela... empurra papel na Cexim.

*

Não há dúvida! Marx simplifica demasiado as coisas, falando em proletariado e burguesia. No Rio, as classes são muito mais numerosas, e as profissões surgem do dia para a noite. Não sei se já existe um Sindicato de Empurradores de Papel; mas a profissão existe, pois a Dalva a exerce e está muito bem. Aliás, fui informado, pelo resto da conversa, de que a Dalva é uma boa pequena, muito inteligente e correta, e que sabe se defender.

Mas sempre imagino que São Pedro, que não acompanha de perto a vida carioca, ficará um pouco perplexo, quando a Dalva lhe aparecer e ele perguntar: "Que é que você fazia lá embaixo, minha filha?" e ouvir: "Eu empurrava papel."

*

É por isso que o Brasil não progride, dirá um pessimista. Tolice. É graças a isso que o Brasil vai para a frente. Nossa vida é toda feita através de papéis, e na Cexim (Carteira de Exportação e Importação do Banco do Brasil) cada papel é apresentado em várias vias. Se não houver alguém para empurrar esses papéis todos, a vida nacional fica paralisada. Não exportamos nem importamos.

Dalva é uma heroína obscura do momento nacional. Se o Sr. Getúlio Vargas tivesse mais imaginação, mandaria inscrever seu nome no Livro do Mérito, com esta singela e única explicação: "Ela empurra papel."

Março, 1953

O VERÃO E AS MULHERES

Talvez tenha acabado o verão. Há um grande vento frio cavalgando as ondas, mas o céu está limpo e o sol é muito claro. Duas aves dançam sobre as espumas assanhadas. As cigarras não cantam mais. Talvez tenha acabado o verão.

Estamos tranquilos. Fizemos este verão com paciência e firmeza, como os veteranos fazem a guerra. Estivemos atentos à lua e ao mar; suamos nosso corpo; contemplamos as evoluções de nossas mulheres, pois sabemos o quanto é perigoso para elas o verão.

Sim, as mulheres estão sujeitas a uma grande influência do verão; no bojo do mês de janeiro elas sentem o coração lânguido, e se espreguiçam de um modo especial; seus olhos brilham devagar, elas começam a dizer uma coisa e param no meio, ficam olhando as folhas das amendoeiras como se tivessem acabado de descobrir um estranho passarinho. Seus cabelos tornam-se mais claros e às vezes os olhos também; algumas crescem imperceptivelmente meio centímetro.

Estremecem quando de súbito defrontam um gato; são assaltadas por uma remota vontade de miar; e certamente, quando a tarde cai, ronronam para si mesmas.

Entregam-se a redes; é sabido, ao longo de toda a faixa tropical do globo, que as mulheres não habituadas a rede e que nelas se deitam ao crepúsculo, no estio, são perseguidas por fantasias, e algumas imaginam que podem voar de uma nuvem a outra nuvem com facilidade. Sendo embaladas, elas se comprazem nesse jogo passivo e às vezes tendem a se deixar raptar, por deleite ou por preguiça.

Observei uma dessas pessoas na véspera do solstício, em 20 de dezembro, quando o sol ia atingindo o primeiro ponto do Capricórnio, e a acompanhei até as imediações do Carnaval. Sentia-se que ia acontecer algo no segundo dia de lua cheia de fevereiro; sua boca estava entreaberta: fiz um sinal aos interessados, e ela pôde ser salva.

Se realmente já chegou o outono, embora não o dia 22, me avisem. Sucederam muitas coisas; é tempo de buscar um pouco de recolhimento e pensar em fazer um poema.

Vamos atenuar os acontecimentos, e encarar com mais doçura e confiança as nossas mulheres. As que sobreviveram a este verão.

Março, 1953

A cidade feia

Carybé queria encontrar uma loja de antiguidades onde anos atrás ele vira um dente de marfim trabalhado, e o sujeito queria 600 cruzeiros. Carybé não tinha, mas ficou com pena de não ter comprado, nunca se esqueceu daquele desenho, uma cobra engolindo um menino, um homem segurando um peixe, uma bananeira, um macaco. "Marfim africano – disse Carybé – e o desenho é uma beleza de simplicidade."

Sei que por causa disso andamos uma porção de tempo por aquelas ruas transversais de Frei Caneca, Inválidos, Tenente Possolo; e que nessas andanças a gente passava por dezenas de casas comerciais e também residências, e passavam bondes e ônibus, havia gente triste na porta dos botequins, mulheres feias espiando das janelas, oh! Senhor, o quanto é triste esse trecho urbano, o quanto é urbano! Aqui se compra chumbo a 12 cruzeiros e alumínio a 10 cruzeiros o quilo, ali é a tinturaria "Flor de Ouro", tão escura e suja, além um restaurante de nove cruzeiros a refeição, acolá uma porta de quinquilharias de matéria plástica, depois ferros de engomar, bonecas empoeiradas, um pequeno joalheiro, um melancólico alfaiate, uma loja de sapatos feios.

Nessas ruas e em outras haverá casas boas, pequenas indústrias respeitáveis, artífices hábeis, até firmas de grande importância, mas o que enxameia é a tristeza desses pequenos negócios de mercadorias pífias, essas tristes oficinas sem luz, nem fé, nem esperança. Aquela mulherzinha que vende coisas de adorno caseiro (estatuetas horrorosas de barro pintado, vasos vermelhos, bibelôs baratos, uma infinidade de bugigangas de um mau gosto lancinante), terá ela fregueses certos, ganhará seu modesto dinheiro, morará nos altos ou nos fundos, terá um filho, irá algum dia à praia, ao Jardim Zoológico, ao Jardim Botânico, terá bronquite ou morrerá de quê?

Essa humanidade é em demasia feia, e mesmo as criaturas jovens, belas e fortes têm um certo ar cansado ou usado, um indefinível desgaste, uma invisível poeira de fadiga que invade seus pulmões e seus destinos. Não há miséria, há apenas pobreza, mas o que essa pobreza tem de terrível é seu ar impuro e comercial, sua afetação medíocre, a mesquinhez de seu território de asfalto, entre paredes pardas. Não há árvore, nem céu, nem campo, nem mar, nem rio, nem nenhum horizonte azul ou verde, e entretanto aqui, entre as lojas, atrás das lojas, mora gente – vive, come, cresce, ama. Há pequenos hotéis, pequenas casas de saúde – eu me imaginei saindo de um pequeno quarto amarelo do andar térreo daquele hotelzinho de esquina para visitar Carybé, operado de hérnia naquela pequena clínica, ou esperá-lo na porta daquele dentista que anuncia extrações sem dor, para comer um sanduíche de mortadela com cerveja preta no botequim cheio de moscas, de chão preto.

Isto é uma cidade, esta é a maldição da cidade, e ainda nas mais belas cidades há estas zonas sem horizonte e sem história, cheias de poeira e de barulho, de pequenas espertezas e medíocres ambições, de esforço, tédio e limitação.

Proponho a Carybé que eu me mude para um hotelzinho melhor – ao "Santa Comba", que me agrada o nome! – e levemos para o quarto uma garrafa de cachaça e lá bebamos, discutamos e durmamos, para sonhar com uma cidade mais humana e uma vida mais bela.

Março, 1953

Galeria Cruzeiro

Então, no fim da tarde, quando eu vinha pela Avenida, depois de andar por tantas e tão estreitas pequenas ruas atulhadas de bondes e caminhões, e passar o dia a discutir com homens comerciais, me senti tão cansado no fim da tarde quente, e tão desanimado de minha vida e de meus negócios em eterno atraso, e tão vazio de amor, que resolvi esquecer tudo, tomei um quarto no Hotel Avenida.

Tomei um quarto no Hotel Avenida em cima da Galeria Cruzeiro; mas à medida que a Galeria recuava no tempo (os bondes ainda passavam lá por baixo, eu podia ouvir seu ruído de meu quarto), eu avançava na idade, completara na véspera 54 anos e não estava muito bem de saúde. A luz de meu quarto era fraca e amarela, eu estava com a minha roupa feita no alfaiate Lima, em Itaúna, calçava botinas amarelas e escrevera minha profissão no livro do hotel: lavrador.

Tinha na mão algumas pequenas notas e as contava, faziam um total de vinte e seis mil-réis, com mais alguns níqueis vinte e sete mil e duzentos. Pus esse dinheiro em cima da mesa, e o contemplava e pensava assim: ao fim de 43 anos de trabalho na lavoura, porquanto aos 10 anos já pegava no cabo da enxada, eis o que resta a um homem trabalhador. Isto, uma propriedade hipotecada, a mulher doente, uma filha solteirona que dá faniquitos, um filho casado que mora longe e nunca se lembra de escrever, outro filho na penitenciária de Ouro Preto com um resto de seis anos de pena, e uma conta de hotel por pagar. Sem falar nos quatro filhos enterrados, que tiveram a sorte de morrer crianças. Sem falar neste relógio (quanto vale?), neste canivete preto, neste fumo de rolo e nesta vergonha na cara.

Devia ir à Polícia fazer queixa? Mas ali na Noite estava uma história igualzinha à que acontecera comigo, chamava-se conto do vigário, e o jornal ainda zombava do prejudicado, dizendo que ele quisera ser esperto. Então me deu um desânimo tão grande, eu estava cansado e suado, estiquei-me na cama assim vestido, botei os pés com as botinas amarelas em cima do cobertor vermelho e repeti com humilhação o meu nome, como se fosse um juiz que estivesse falando e me condenando: Anacleto Cunha de Miranda. Então, lentamente, percebi que não tinham sido os dois vigaristas, tinha sido de um modo geral toda a minha vida que se iludira e falhara; ali estava na minha mão o canivete preto que eu tirara do bolso para picar fumo, o certo era enfiá-lo naqueles dois miseráveis, ou na minha própria garganta.

Levantei-me, olhei no espelho minha cara magra, suada, meus bigodes brancos amarelados, meus cabelos ralos, e desci, passei na portaria com uma vontade insensata de pedir a conta só para saber quanto é que não podia pagar (do sábado à quarta-feira eram quatro dias, fiz pequenas contas mentais), depois fiquei de pé, trêmulo, quando um bonde Ipanema – T. N. se aproximava, trêmulo de vontade e medo de me jogar debaixo dele – afinal avancei, o bonde não existia mais, porque tinham tirado há muito tempo o bonde dali, e eu percebi que estava engordando e ficando mais moço e me chamava Rubem Braga, e fui andando tristemente pela calçada cheia de gente apressada, ainda muito mortificado, apenas com um leve, distante, humilde, pobre alívio.

Abril, 1953

O JOVEM CASAL

Estavam esperando o bonde e fazia muito calor. Veio um bonde, mas estava tão cheio, com tanta gente pendurada nos estribos, que ela apenas deu um passo à frente, ele apenas esboçou com o braço o gesto de quem vai pegar um balaústre – mas desistiram.

Um homem com uma carrocinha de pão obrigou-os a recuar mais para perto do meio-fio; depois, o negrinho de uma lavanderia passou com a bicicleta tão junto, que um vestido esvoaçante bateu na cara do rapaz.

Ela se queixou de dor de cabeça; ele sentia uma dor de dente não muito forte, mas enjoada e insistente, mas preferiu não dizer nada. Ano e meio casados, tanta aventura sonhada, e estavam tão mal naquele quarto de pensão no Catete, muito barulhento: "Lutaremos contra tudo", havia dito – e ele pensou com amargor que estavam lutando apenas contra as baratas, as horríveis baratas do velho sobradão. Ela, apenas com um gesto de susto e nojo, se encolhia a um canto ou saía para o corredor – ele, com repugnância, ia matar o bicho; depois, com mais desgosto ainda, jogá-lo fora.

E havia as pulgas; havia a falta de água, e quando havia água, a fila dos hóspedes no corredor, diante da porta do chuveiro. Havia as instalações que sempre cheiravam mal, o papel da parede amarelado e feio, as duas velhas gordas, pintadas, da mesinha ao lado, que lhe tiravam o apetite para a mesquinha comida da pensão. Toda a tristeza, toda a mediocridade, toda a feiura duma vida estreita onde o mau gosto atroz e pretensioso da classe média se juntava à minuciosa ganância comercial – um ovo era "extraordinário"; quando eles pediam dois ovos, a dona da pensão olhava com raiva, estavam atrasados dias no pagamento.

Passou um ônibus enorme, parou logo adiante, abrindo com ruído a porta, num grande suspiro de ar comprimido, e ela nem sequer olhou o ônibus, era tão mais caro. Ele teve um ímpeto, segurou-a pelo braço, disposto a fazer uma pequena loucura financeira – "vamos pegar o ônibus!". Mas o monstro se fechara e partira, jogando-lhes na cara um jato de fumaça ruim.

Ele então chegou mais para perto dela – lá vinha outro bonde, não, mas aquele não servia – enlaçou-a pela cintura, depois ficou segurando seu ombro com um gesto de ternura protetora, disse-lhe vagas meiguices, ela apenas ficou quieta. "Está doendo muito a cabeça?" Ela disse que não. "Seu cabelo agora está mais bonito, meio queimado de sol." Ela sorriu levemente, mas de repente: "Ih, me esqueci da receita do médico", pediu-lhe a chave do quarto, ele disse que iria apanhar para ela, ela disse que não, ela iria; quando voltou, foi exatamente a tempo de perder um bonde quase vazio; os dois ficaram ali desanimados.

Então um grande carro conversível se deteve um instante perto dos dois, diante do sinal fechado. Lá dentro havia um casal, um sujeito meio calvo, de ar importante, na direção, uma mulherzinha muito pintada ao lado, sentiram o cheiro de seu perfume caro. A mulherzinha deu-lhes um vago olhar, examinou um pouco mais detidamente a moça, correndo os olhos da cabeça até os sapatos pobres, enquanto o senhor meio calvo dizia alguma coisa sobre anéis, e no momento do carro partir com um arranco macio e poderoso, ouviram que a mulherzinha dizia: "Se ele deixar aquele por 15 contos, eu fico."

Quinze contos – isso entrou dolorosamente pelos ouvidos do rapaz, parece que foi bater, como um soco, em seu estômago mal alimentado – 15 contos, meses e meses de pensão! Então olhou a mulher e achou-a tão linda e triste com sua blusinha branca, tão frágil, tão jovem e tão querida, que sentiu os olhos arderem de vontade de chorar de humilhação por ser tão pobre; disse: "Viu aquela vaca dizendo que vai comprar um anel de 15 contos?"

Vinha o bonde.

Abril, 1953

O MORTO

Foi em sonho talvez que vi brilhar a tua face lívida, Morte, e senti sobre mim tua foice fria e teu hálito de gelo, insuportável.

Porém meu dia não era chegado; foi alguém estranho que tombou a meu lado, no meio da noite, e eu pude continuar cabisbaixo o meu caminho.

Mas dentro de meu coração eu te detestei sem te temer, e senti que a vida era melhor, e com serenidade compus estes votos e orações de morto.

Que o mistério que existe em toda morte fosse na minha dignificado pela simplicidade.

E meu velório fosse assim como que uma festinha de despedida, onde mesmo as pessoas que ficassem com os olhos vermelhos pudessem rir sem remorso.

E aqueles que fossem saindo pensassem apenas: "Vamos a um bar; ele só não vai porque não pode"; e assim manifestassem confiança em mim.

E dois anos depois alguns homens se pusessem de repente a falar de mim, rindo, lembrando meu nome e figura com afetuosos palavrões, e que minha memória os ajudasse a beber mais, e com mais prazer.

Que alguma desconhecida mulher, em uma hora de angústia ou abatimento, lesse por acaso alguma coisa minha e sentisse ali um conforto de mão de companheiro.

E assim também que, a dois amantes, alguma coisa que escrevi em hora de paixão pudesse lhes fazer mais luminosa a felicidade.

Que tudo o que eu disse por tédio ou afetação pudesse ser esquecido e minha lição obscura fosse uma lição de insaciável liberdade e gosto de viver.

Que aqueles que foram meus amigos não precisassem esquecer ou disfarçar meus defeitos para me estimarem depois de morto, e me recordassem como a um homem – vago bloco de coisas – capaz de ser tolerado e possível de ser útil.

Que ao pobre e ao humilhado minha voz ajudasse a dar esperança e ânimo de luta.

Que alguma coisa de tudo o que fiz pudesse levar ao homem poderoso, atrás de seus estupendos recursos e de suas perfeitas teorias e de seus milhares de oficiais de gabinete e secretários, um recado humilde a favor da pobre e escura e triste humanidade do Brasil.

E assim também ao homem crente e orgulhoso de sua crença um pouco de vacilação e tolerância.

E as mulheres com que lidei esquecessem meus momentos de tédio e aflição e lembrassem de mim o que disse e fiz de melhor, nos grandes instantes de ternura, que são os instantes da verdade.

E tu, que foste a última de minhas amigas, que minha lembrança te fosse também suave – apenas a vaga mão pousando no teu ombro e a perdida voz dizendo teu nome, com o mais simples carinho, e um tom quase contente.

Maio, 1953

O outro Brasil

Houve um tempo em que sonhei coisas – não foi ser eleito senador federal nem nada, eram coisas humildes e vagabundas que entretanto não fiz, nem com certeza farei. Era, por exemplo, arrumar um barco de uns 15, 20 metros de comprido, com motor e vela, e sair tocando devagar por toda a costa do Brasil, parando para pescar, vendendo banana ou comprando fumo de rolo, não sei, me demorando em todo portinho simpático – Barra de São João, Piúma, Regência, Conceição da Barra, Serinhaém, Turiaçu, Curuçá, Ubatuba, Garopaba – ir indo ao léu, vendo as coisas, conversando com as pessoas – e fazer um livro tão simples, tão bom, que até talvez fosse melhor não fazer livro nenhum, apenas ir vivendo devagar a vida lenta dos mares do Brasil, tomando a cachacinha de cada lugar, sem pressa e com respeito. Isso devia ser bom, talvez eu me tornasse conhecido como um homem direito, cedendo anzóis pelo custo e comprando esteiras das mulheres dos pescadores, aprendendo a fazer as coisas singelas que vivem fora das estatísticas e dos relatórios – quantos monjolos há no Brasil, quantos puçás e paris? Sim, entraria pelos rios lentamente, de canoa, levando aralém, que poderia trocar por roscas amanteigadas, pamonha ou beiju, pois ainda há um Brasil bom que a gente desperdiça de bobagem, um Brasil que a gente deixa para depois, e entretanto parece que vai acabando; tenho ouvido falar em tanques de carpa, entretanto meu tio Cristóvão, na fazenda da Boa Esperança, tinha um pequeno açude no ribeirão onde criava cascudos, tem dias que dá vontade de beber jenipapina.

Já tomei muito avião para fazer reportagem, mas o certo não é assim, é fazer como Saint-Hilaire ou o Príncipe Maximiliano, ir tocando por essas roças de Deus a cavalo, nada de Rio-Bahia, ir pelos caminhos que acompanham com todo carinho os lombos e curvas da terra, aceitando uma caneca de café na casa de um colono. Só de repente a gente se lembra de que esse Brasil ainda existe, o Brasil ainda funciona a lenha e lombo de burro, as noites do Brasil são pretas com assombração, dizem que ainda tem até luar no sertão, até capivara e suçuarana – não, eu não sou contra o progresso ("o progresso é natural"), mas uma garrafinha de refrigerante americano não é capaz de ser como um refresco de maracujá feito de fruta mesmo – o Brasil ainda tem safras e estações, vazantes e piracemas com manjuba frita, e a lua nova continua sendo o tempo de cortar iba de bambu para pescar piau. E como ainda há tanta coisa, quem sabe que é capaz de haver mulher também, uma certa mulher que ainda seja assim, modesta porém limpinha, com os cabelos ainda molhados de seu banho de rio, parece que até banho de cachoeira ainda existe, até namoro debaixo de pitangueiras como antigamente, muito antigamente.

Julho, 1953

Encontro

Com atenção não seria difícil descobrir pequenas mudanças: os cabelos mais claros, e entretanto com menos luz e vida; a boca pintada com um desenho diferente, e o batom mais escuro. Impossível negar uma tênue, fina ruga – quase estimável. Mas naquele instante, diante da antiga amada que não via há muito tempo, não eram essas pequenas coisas que intrigavam o seu olhar afetuoso e melancólico. Havia certa mudança imponderável, e difícil de localizar – a voz ou o jeito de falar, o tom ao mesmo tempo mais desembaraçado e mais sereno?

E mesmo no talhe do corpo (o pequeno cinto vermelho era, pensou ele, uma inabilidade: aumentava-lhe a cintura), na relação entre o corpo e os membros, havia uma sutil mudança.

Sim, ela estava mais elegante, mais precisa em seu desenho, mas perdera alguma indizível graça elástica do tempo em que não precisava fazer regime para emagrecer e era menos consciente de seu próprio corpo, como que o abandonava com certa moleza, distraída das próprias linhas e dos gestos cuja beleza imprevista ele fora descobrindo devagar, com uma longa delícia.

Por um instante, enquanto conversava com outras pessoas presentes assuntos sem importância, ele tentou imaginar que impressão teria agora se a visse pela primeira vez, se aquela imagem não estivesse, dentro de seus olhos e de sua alma, fundida a tantas outras imagens dela mesma perdidas no espaço e no tempo. Não tinha dúvida de que a acharia muito bonita, pois ela continuava bela, talvez mais bem-vestida; não tinha dúvida mesmo de que, como da primeira vez que a vira, receberia sua beleza como um choque, uma bênção e um leve pânico, tanto a sua radiosa formosura dá uma vida e um sentido novo a qualquer ambiente, traz essa vibração especial que só certas mulheres realmente belas produzem. Mas de algum modo esse deslumbramento seria diferente do antigo – como se ela estivesse mais pessoa, com mais graça e finura de mulher, menos graça e abandono de animal jovem.

O grupo moveu-se para tomar lugar em uma mesa no fundo do bar. Ele andou a seu lado um instante (como tinham andado lado a lado!) mas não quis sentar, recusou o convite gentil, sentia-se quase um estranho naquela roda. Despediu-se. E quando estendeu a mão àquela que tanto amara, e recebeu, como antigamente, seu olhar claro e amigo, quase carinhoso, sentiu uma coisa boa dentro de si, uma certeza de que nem tudo se perde na confusão da vida e que uma vaga mas imperecível ternura é o prêmio dos que muito souberam amar.

Julho, 1953

Blumenau

Foi um fim de semana assim de pegar-em-rabo-de--foguete, e quando ainda havia muitos vapores do álcool noturno a gente amanhecia em Joinville; então havia um rapaz que fora meu companheiro de viagem no *Itatinga* em 1938, minto, 1939, depois havia o governador e o vice--governador e muitos banquetes e discursos, mas sempre se podia escapar um pouco para andar só numa rua quieta de Joinville, as casas de telhados agudos, as janelas de cortinas brancas e gerânios estalando de rubros no céu louro. E na outra noite, a gente estava jogando pingue-pongue num clube de Blumenau; era eu, mais Paulo Mendes Campos e dois rapazinhos louros locais, contra quatro mocinhas louras de sobrenome alemão. A certa altura a partida deveria ser resolvida entre mim e a mais bonita das mocinhas, que se chamava Maria Cristina e tinha apelido de Kika; as outras gritavam – Kika! Kika! – Paulinho, traindo a causa, também começou a torcer pela Kika, os dois rapazinhos louros também passaram a gritar – Kika! Afinal eu também aderi e gritava – Kika! Afinal ela mordeu o róseo lábio inferior e deu uma cortada de canto de mesa que me obrigou a um salto de palhaço sem resultado. A cidade é tão bela que se parece com Cachoeiro de Itapemirim e Florença, mas me comoveu sobretudo a estrada: é uma fazendola atrás da outra, tudo cultivado, as vaquinhas pastando com inteligência, mesmo a casa dos mais pobres tem seu sótão, suas cortinas, suas flores e dignidade; não se vê nada parecido com a miséria, a tristeza, o deserto e a solidão do vasto Brasil. E nos arrabaldes há muitas fábricas, mas é tudo espalhado e a paisagem não é fabril, é bucólica, o ar é limpo, as operárias são louras e possuem bicicletas; tudo isso descansa e produz bem-estar; as pessoas são iguais perante a lei e provavelmente existe, além do céu azul, um Deus também louro e bom, de cachimbo louro, tomando cerveja em um grande copo de pedra com musiquinha gravada pelos anjos, como este que vejo e ouço na casa do burgomestre acolhedor. Sim, Deus deve ser um grande e bom e gordo burgomestre, que as pessoas respeitam com estimação.

Julho, 1953

A Revolução de 30

On n'est pas sérieux, quand on a dix-sept ans – disse o Sr. Arthur Rimbaud, que foi um adolescente desvairado. Eu era. Aos 17 anos eu era um magro e sério estudante de Direito que morava junto ao Campo de São Bento, atrás de Icaraí, e estudava Direito no Catete.

1929-30 foi uma das fases mais dolorosas de minha vida: perdi duas pessoas muito queridas e minha saúde foi abalada a um ponto que saí de uma conferência de três ilustres médicos friamente resolvido a dar um tiro na cabeça, no lugar de fazer a operação que eles tinham resolvido. (Procurei um outro médico ao acaso, um profissional sem nenhum cartaz, ele resolveu o caso e eu vendi com pequeno prejuízo o revólver que já comprara de segunda mão.)

Em outubro de 1930 eu devia estar em Cachoeiro, pois as aulas da faculdade estavam suspensas; fiquei no Rio para me tratar. No dia 24 de outubro vim ao médico, na Rua São José. Quando saí do consultório, notei um movimento na Galeria Cruzeiro. Fui para lá: todo mundo dizia que a Revolução tinha vencido. Custei a acreditar, inclusive porque eu era contra a Aliança Liberal. Um conhecido me convidou para ir até o Palácio Guanabara, onde diziam que o presidente já estava cercado. Preferi ficar vagando pela Avenida, que logo se encheu de povo; passavam automóveis abertos com gente de lenço vermelho a dar gritos de viva e morra; não me esquecerei de uma mulher meio gorda, de pernas abertas, sentada no radiador.

Depois de muito vagar, encontrei Leonardo Mota, que passara uma temporada em Cachoeiro. Ele também, se não era contra, não dava mostras de simpatizar com aquela revolução; ficamos a vagar pelo meio da Avenida, calados e sérios, no meio da multidão exaltada. Assistimos juntos ao incêndio de *O País*. Vimos a chegada dos bombeiros, e gente do povo subindo em seus carros para impedir que eles trabalhassem. Cada sujeito que saía da redação já em chamas trazia alguma coisa de lá; vi muitos que traziam um exemplar de um dicionário português ilustrado de capa vermelha, creio que Séguier.

Fomos depois até o Monroe; um colega meu de faculdade, que era "liberal" exaltado, fazia discurso trepado em um daqueles leões; todo mundo parecia ter prazer em pisar na grama, como se isso fosse o símbolo de todas as liberdades de que o povo iria gozar. Havia uma alegria mais forte do que os gritos de ódio que alguns davam – "matar Romeiro Zander!", me propunha insistentemente, não sei por quê, um sujeito – uma alegria de que eu não participava, mas que olhava com calma, com uma certa melancolia, como achando que o meu povo tinha ficado doido.

Lembro-me de que era um dia nublado, às vezes caía uma chuvinha fraca, mas fazia calor e eu trouxera uma capa que comprara dias antes – fora a maior temeridade financeira que eu já praticara – na Casa Inglesa, Rua do Ouvidor. Esqueci-me dessa capa por um instante em um banco da barca da Cantareira e logo alguém a roubou; quando tomei o ônibus para ir para casa, comecei a sentir uma forte dor de dentes.

Na redação do *Correio do Sul,* em Cachoeiro – eu soube depois – alguns revolucionários mais exaltados foram me procurar aquele dia para que eu prestasse contas por alguns artigos violentos que escrevera contra a Aliança Liberal...

Depois o Sr. Getúlio Vargas tomou conta do país, todos começaram a ser muito felizes, mas até hoje não devolveram minha capa.

Agosto, 1953

Neide

O céu está limpo, não há nenhuma nuvem acima de nós. O avião, entretanto, começa a dar saltos, e temos de pôr os cintos para evitar uma cabeçada na poltrona da frente. Olho pela janela: é que estamos sobrevoando de perto um grande tumulto de montanhas. As montanhas são belas, cobertas de florestas; no verde-escuro há manchas de ferrugem de palmeiras, algum ouro de ipê, alguma prata de imbaúba – e de súbito uma cidade linda e um rio estreito. Dizem-me que é Petrópolis.

É fácil explicar que o vento nas montanhas faz corrente para baixo e para cima, como também o ar é mais frio debaixo da leve nuvem. A um passageiro assustado o comissário diz que "isso é natural". Mas o avião, com o tranquilo conforto imóvel com que nos faz vencer milhas em segundos, havia nos tirado o sentimento do natural. Somos hóspedes da máquina. Os motores foram revistos, estão perfeitos, funcionam bem, e temos nossas passagens no bolso; tudo está em ordem. Os solavancos nos lembram de que a natureza insiste em existir, e ainda nos precipita além dela, para os reinos azuis da Metafísica. Pode o avião vencer a montanha, e desprezar as passagens antigas que a humanidade sempre trilhou. Mas sua vitória não pode ser saboreada de perto: mesmo debaixo, a montanha ainda fez sentir que existe, e à menor imprudência da máquina o gigante vencido a sorverá de um hausto, e a destruirá. Assim a humilde lagoa, assim a pequena nuvem: a tudo isso somos sensíveis dentro de nosso monstro de metal.

A menina disse que era mentira, que não se via anjo nenhum nas nuvens. O homem, porém, explicou que sim, e pediu que eu confirmasse. Eu disse:

— Tem anjo sim. Mas tem muito pouco. Até agora, desde que saímos, eu só vi um, e assim mesmo de longe. Hoje em dia há muito poucos anjos no céu. Parece que eles se assustam com os aviões. Nessas nuvens maiores nunca se encontra nenhum. Você deve procurar nas nuvenzinhas pequenas, que ficam separadas umas das outras; é nelas que os anjos gostam de brincar. Eles voam de uma para outra.

A menina queria saber de que cor eram as asas dos anjos, e de que tamanho eles eram. O homem explicou que os anjos tinham as asas da mesma cor daquele vestidinho da menina; e eram de seu tamanho. Ela começou a duvidar novamente, mas chamamos o comissário de bordo. Ele confirmou a existência dos anjos com a autoridade de seu ofício; era impossível duvidar da palavra do comissário de bordo, que usa uniforme e voa todo dia para um lado e outro, e além disso ele tinha um argumento impressionante: "Então você não sabia que tem anjos no céu?" E perguntou se ela tinha vontade de ser anjo.

— Não.

— Que é que você quer ser?

— Aeromoça!

E começou a nos servir biscoitos; dois passageiros

que estavam cochilando acordaram assustados, porque ela apertara o botão que faz descer as costas das poltronas; mas depois riram e aceitaram os biscoitos.

— A Baía de Guanabara!

Começamos a descer. E quando o avião tocava o solo, naquele instante de leve tensão nervosa, ela se libertou do cinto e gritou alegremente:

— Agora tudo vai explodir!

E disse que queria sair primeiro porque estava com muita pressa, para ver as horas na torre do edifício ali perto: pois já sabia ver as horas.

Não deviam ter-lhe ensinado isso. Ela já sabe tanta coisa! As horas se juntam, fazem os dias, fazem os anos, e tudo vai passando, e os anjos depois não existem mais, nem no céu, nem na terra.

Agosto, 1953

A FEIRA

Passa gente vindo da feira. Agora temos uma feira aqui perto de casa. Para mim, apenas movimenta a esquina, com tantas empregadas e donas de casa carregadas de sacos e cestas de frutas, verduras e legumes. Ao poeta Drummond, que mora mais além, a feira deve incomodar, porque os grandes caminhões roncam sob a sua janela, e o vozerio dos mercadores e freguesas perturba o seu sono matinal.

O que não tem a menor importância: na atual situação do mundo, é bom que os poetas estejam vigilantes. Quanto aos cronistas, que eles durmam em paz; é melhor que se recolham e se esqueçam de fazer a crônica destes dias, em que não há nenhum exemplo nem lição. O poeta é mais adequado para ouvir as exclamações patéticas ("os tomates estão pela hora da morte") e tomar o pulso aos fatos concretos da mercancia local. Além disso, deve subir até sua janela a fragrância das verduras e de todas essas coisas nascidas na terra, ainda frescas e vivas, coloridas. É bom que ele veja as quinquilharias ingênuas, as ervas misteriosas, as pequenas, inúteis e preciosas coisas do mar e do sertão, os cavalos-marinhos e as sementes escuras. Só ele poderá entender as coisas de barro e de palha, a glória dos tomates, o espanto de pedra no olho dos peixes eviscerados, e o constrangimento amarelo desses abacaxis sem sabor que amadureceram no meio do inverno.

Passa um homem careca, sério; deve ser um velho funcionário, e tem o ar de quem discute muito nas feiras, capaz de citar o preço dos pepinos em 1921 e de lamentar, como prova de decadência espiritual do Ocidente, o atual tamanho das bananas. Sim, eram maiores as bananas de antanho. A acreditar nele, as bananas-da-terra dos tempos coloniais mediam toesas. Em todo caso, não parece ir muito triste; carrega dois sacos verdes, e de um deles sai o pedaço de uma abóbora. Gosta de abóboras, o birbante.

"Não, senhora; só em doce, assim mesmo misturado com doce de coco" – respondeu aquele menino à dramática pergunta de sua velha tia sobre se gostava de abóbora. Essa resposta foi, na época, muito comentada como grave prova de insolência e talvez desagregação moral. Não era. Era uma prova de tolerância, boa vontade, anseio de compreensão; porque a verdade terrível é que o menino não gostava mesmo de abóbora e achava que o único defeito do doce de coco era conter, às vezes, por costume de família, um pouco de abóbora. Estava, entretanto, disposto a superar as próprias convicções em benefício do bem-estar geral. Tinha o pudor de que pensassem que ele odiava abóbora; era uma criança no fundo delicada, embora tenha resultado em um homem com frequência estúpido.

A feira, não sei por quê, me leva a essas divagações infantis; vagueio com suave emoção entre cebolas de brilho metálico e couves e alfaces líricas.

Há uma grata surpresa. A mais bela, esquiva e elegante senhora da rua está pessoalmente na feira. Veio sem pintura, um vestido leve, sandálias coloridas. Demoro-me em ver sua pele, seus cabelos, seus olhos, sobre um fundo de couves e beterrabas. Sua pele tem uma frescura vegetal.

Suas mãos finas seguram os legumes com um experiente carinho. Quando vai para casa, um menino conduz suas compras. Ela, porém, fez questão de levar nas mãos, como sinal de alegria e de simplicidade, uma grande couve-flor.

Agosto, 1953

Mãe

(Crônica dedicada ao Dia das Mães, embora com o final inadequado, ainda que autêntico.)

O menino e seu amiguinho brincavam nas primeiras espumas; o pai fumava um cigarro na praia, batendo papo com um amigo. E o mundo era inocente, na manhã de sol.

Foi então que chegou a Mãe (esta crônica é modesta contribuição ao Dia das Mães), muito elegante em seu *short*, e mais ainda em seu maiô. Trouxe óculos escuros, uma esteirinha para se esticar, óleo para a pele, revista para ler, pente para se pentear – e trouxe seu coração de Mãe que imediatamente se pôs aflito, achando que o menino estava muito longe e o mar estava muito forte.

Depois de fingir três vezes não ouvir seu nome gritado pelo pai, o garoto saiu do mar resmungando, mas logo voltou a se interessar pela alegria da vida, batendo bola com o amigo. Então a Mãe começou a folhear a revista mundana – "que vestido horroroso o da Marieta neste coquetel", "que presente de casamento vamos dar à Lúcia? tem de ser uma coisa boa" – e outros pequenos assuntos sociais foram aflorados numa conversa preguiçosa. Mas de repente:

— Cadê Joãozinho?

O outro menino, interpelado, informou que Joãozinho tinha ido em casa apanhar uma bola maior.

— Meu Deus, esse menino atravessando a rua sozinho! Vai lá, João, para atravessar com ele, pelo menos na volta!

O pai (fica em minúscula; o Dia é da Mãe) achou que não era preciso:

— O menino tem OITO anos, Maria!

— OITO anos, não, oito anos, uma criança. Se todo dia morre gente grande atropelada, que dirá um menino distraído como esse!

E erguendo-se olhava os carros que passavam, todos guiados por assassinos (em potencial) de seu filhinho.

— Bem, eu vou lá só para você não ficar assustada.

Talvez a sombra do medo tivesse ganho também o coração do pai; mas quando ele se levantou e calçou a alpercata para atravessar os 20 metros de areia fofa e escaldante que o separavam da calçada, o garoto apareceu correndo alegremente com uma bola vermelha na mão, e a paz voltou a reinar sobre a face da praia.

Agora o amigo do casal estava contando pequenos escândalos de uma festa a que fora na véspera, e o casal ouvia, muito interessado – "mas a Niquinha com o coronel? não é possível!" – quando a Mãe se ergueu de repente:

— E o Joãozinho?

Os três olharam em todas as direções, sem resultado. O marido, muito calmo – "deve estar por aí" – a Mãe gradativamente nervosa – "mas por aí, onde?" – o amigo otimista, mas levemente apreensivo. Havia cinco ou seis meninos dentro da água, nenhum era o Joãozinho. Na areia havia outros. Um deles, de costas, cavava um buraco com as mãos, longe.

— Joãozinho!

O pai levantou-se, foi lá, não era. Mas conseguiu encontrar o amigo do filho e perguntou por ele.

— Não sei, eu estava catando conchas, ele estava catando comigo, depois ele sumiu.

A Mãe, que viera correndo, interpelou novamente o amigo do filho:

— Mas sumiu como? para onde? entrou na água? não sabe? mas que menino pateta! – O garoto, com cara de bobo, e assustado com o interrogatório, se afastava, mas a Mãe foi segurá-lo pelo braço: — Mas diga, menino, ele entrou no mar? como é que você não viu, você não estava com ele? hein? ele entrou no mar?

— Acho que entrou... ou então foi-se embora.

De pé, lábios trêmulos, a Mãe olhava para um lado e outro, apertando bem os olhos míopes para examinar todas as crianças em volta. Todos os meninos de oito anos se parecem na praia, com seus corpinhos queimados e suas cabecinhas castanhas. E como ela queria que cada um fosse seu filho, durante um segundo cada um daqueles meninos era o seu filho, exatamente ele, enfim – mas um gesto, um pequeno movimento de cabeça, e deixava de ser. Correu para um lado e outro. De súbito ficou parada olhando o mar, olhando com tanto ódio e medo (lembrava-se muito bem da história acontecida dois a três anos antes: um menino estava na praia com os pais, eles se distraíram um instante, o menino estava brincando no rasinho, o mar o levou, o corpinho só apareceu cinco dias depois, aqui nesta praia mesmo!) que deu um grito para as ondas e espumas – "Joãozinho!"

Banhistas distraídos foram interrogados – se viram algum menino entrando no mar – o pai e o amigo partiram para um lado e outro da praia, a Mãe ficou ali, trêmula, nada mais existia para ela, sua casa e família, o marido, os bailes, os Nunes, tudo era ridículo e odioso, toda essa gente estúpida na praia que não sabia de seu filho, todos eram culpados – "Joãozinho!" – ela mesma não tinha mais nome nem era mulher, era um bicho ferido, trêmulo, mas terrível, traído no mais essencial de seu ser, cheia de pânico e de ódio, capaz de tudo – "Joãozinho!" – ele apareceu bem perto, trazendo na mão um sorvete que fora comprar. Ela quase jogou longe o sorvete do menino com um tapa, mandou que ele ficasse sentado ali, se saísse um passo iria ver, ia apanhar muito, menino desgraçado!

O pai e o amigo voltaram a sentar, o menino riscava a areia com o dedo grande do pé, e quando sentiu que a tempestade estava passando, fez o comentário em voz baixa, a cabeça curva, mas os olhos erguidos na direção dos pais:

— Mãe é chaaata...

Maio, 1953

Viagem

Em São Paulo, olhei as árvores da rua alucinadas, através das vidraças do apartamento amigo de Clóvis Graciano, vi que era o noroeste que soprava e disse comigo: com esse, de avião eu não vou.

Deixamos a volta ao Rio para o dia seguinte, quando o sudoeste já tinha trazido nuvens de leite e chuva fina e fria. É verdade que o avião ficou rodando uns 40 minutos antes de descer no Rio; baixava e entretanto a gente não via coisa alguma a não ser nuvens.

Será que tínhamos perdido a direção da Terra, iríamos ficar baixando eternamente, em voltas, no espaço? Foi então que sentimos que a lei da gravidade é uma grande garantia. Podia a Terra ficar rodando no espaço e nosso motor roncando com força; havia aquela força maternal, amiga, que nos prendia ao nosso prezado planeta – tão triste, tão errado, mas o único, afinal, em que temos relações, roda de botequim, família, amantes, namoradas e mesmo algum crédito nos bancos.

Os minutos passavam monótonos, com o avião roncando naquele triste limbo leitoso, naquela completa escuridão branca, roncando e rondando com pachorra. Mas sabíamos que lá embaixo havia uma cidade com montanhas verdes e casas de telhados vermelhos e uma grande baía azul; havia café com leite, telefone e pão; um certo sossego e a cama costumeira, a vista do mar, os livros. Acenderam-se dois avisos, um dizendo para apertar o cinto, outro para não fumar. *No smoking*. Deu-nos uma vontade infantil de dizer tolices, explicar ao senhor do lado por que era proibido usar *smoking* naquele avião; as pessoas de *black tie* pagam passagens mais caras, pois viajam em um avião especial, noturno, com poltronas forradas de veludo negro e aeromoça com vestido preto e colar de pérolas cultivadas, servindo uísque aos senhores passageiros, alguns dos quais devem fumar com piteira, outros usar cachimbo. A passagem desse avião chama-se *invitation au voyage* e vem em cartão branco impresso em relevo; cada passageira tem direito a uma orquídea... mas de súbito, entre duas massas de nuvens, um pedaço de mar com ilhas e um barco branco a navegar. E depois navios, lanchas, barcas, edifícios e arsenais, lá vamos em reta – um leve choque surdo, um discreto galeio, outra vez as rodas batem no chão, agora rodam pelo chão, o único perigo é esse chão de cimento se acabar e a gente – pumf! – cair dentro da água; mas antes do chão acabar, o avião faz uma curva. Abrem a porta, trazem uma escada, descemos respirando com prazer o vento frio, sentindo na cara a chuva fina. Uma boa cidade, o Rio de Janeiro.

Agosto, 1953

Congo

São cantigas de escravos? Parecem ser de escravos soldados que daqui, de São Pedro de Jacaraípe, doce praia do Espírito Santo, eram mandados para o Rio Doce ou o Paraguai. A música desse congo é triste mas viva, e paramos o carro na estrada para ouvir.

"Catarina, minha nega / teu senhor quer te vender / pra mandar pro Rio Doce / para eu nunca mais te ver." Catarina é a amada, e é também fiandeira. "Catarina, minha nega / me fiai esse algodão / que esses rapazes de agora / só prometem mas não dão."

O estribilho é muitas vezes repetido: "Ora fia o fuso / oh! iaiá, stou fiando." Há uma comparação lírico-militar: "Atrás de tuas passadas / meus olhos chorando vão / como soldado na praça / atrás de seu capitão." Agora não é mais Catarina, é ele quem vai para o Norte: "Não sei que será de mim / quando eu for pra São Mateus / menina, comprai-me a baixa / quero ser cativo seu." O português não é perfeito, mas se entende, e às vezes é belo. Há um "general de guerra / que traz patente do Rei", mas de repente tudo isso é posto de lado, porque aparece uma informação de última hora que D. Cidalina Santana nos transmite com sua voz lamuriosa: "Vou lhe dar uma notícia / que eu já tinha me esquecido / faz 1500 anos / que o menino era nascido; ele nasceu em Belém / na era do 1004 / debaixo de uma pedra / toda cercada de mato."

Esta versão do Natal é um pouco estranha, mas não há dúvida de que "quatro" quase rima com "mato".

Agora acontece um naufrágio em que morrem muitos inocentes – "na Barra de Benevente / foi uma nau para o fundo" – aparece novamente um general, o Brasil já venceu o Paraguai e "nós já podemos voltar".

Batem as "barricas" e a caixa, ronca uma cuíca imensa, negra, feita de casca de um só tronco de árvore, tine o "ferrinho", tocam os "cassacos" seu reco-reco, aquela voz de mulher velha é plangente, uma canoa vem baixando o pano na entrada da barra, e me dá uma tristeza vaga e boba, saudade da infância, lembrança de mulher que não me ama, vontade sincera de morrer antigamente na guerra do Paraguai.

Fevereiro, 1954

A casa das mulheres

A casa das seis mulheres amanhece tarde e lenta, chegam duas tão lavadas, penteadas, com perfumes, louçãs, e se olham passeando no capim, perto da piscina azul, e lhes dá vontade de fotografias. Chegam mais duas de *shorts* coloridos; depois uma some como por encanto, mas surge outra. Na casa das seis mulheres nunca são vistas seis mulheres; duas se afastaram para se dizer segredos, ou uma está lá dentro falando ao telefone, e quando vem contando uma história, outra sai correndo para mudar a blusa.

A vida é uma tarde de domingo; chove com energia, faz sol com prazer, há flores, vidros, luz e sombra na casa das seis mulheres. Os homens que chegam se sentem bem; mas os homens são transitivos; chegam, com suas vozes grossas, bebem tilintando gelo nos copos, fumam e partem; os homens são como sombras lentas e fortes, mas apenas sombras. Podem deixar algo no coração e nos segredos de alguma das seis mulheres, mas depois mergulham no cinzento de seus quotidianos, e a casa das seis mulheres continua limpa, luminosa e transparente entre árvores e flores.

Talvez seja para eles que as seis mulheres estão sempre se lavando, se penteando, se pintando e cambiando saias imprevistas e trescalando fragrâncias matinais ou sensuais – entretanto elas permanecem suspensas na indolência das tardes de domingo, e os homens, seres broncos, se apagam longe, são apenas ecos de telefone, fotos perdidas em álbuns fechados nas gavetas escuras. As seis mulheres continuam se lavando, se penteando na luz vesperal, e a casa das seis mulheres espera feliz entrar no bojo da noite cheia de estrelas carregando o sono e o sonho de cinco – porque sempre uma saiu, ou foi misteriosamente à sala escura, ou a um canto vigia, ou, escondida, se abandona ao pranto.

Fevereiro, 1954

A CASA DOS HOMENS

A casa dos homens está nessa idade em que certas casas começam a ficar mal-assombradas: em algum canto se adensa, ainda, porém, em demasia fluido, o ectoplasma de um primeiro fantasma, que é também um homem grosso e triste.

Talvez seja no porão; é impossível vê-lo; apenas em certo ponto há uma impressão de que o ar está um pouco mais pesado em nossa face. Os homens da casa não se importam com isso: eles se observam; levantam-se em seus quartos, juntam-se na grande sala, olham o velho relógio da parede e secretamente se censuram, pela presença mútua.

Há muito, por uma combinação tácita, nenhum deles traz mulher para casa no meio da noite. Antigamente, é verdade, vinham mulheres, às vezes duas ou três, e na sala bebiam vinho e riam: há lembrança de uma noite em que todos cantaram. Mas o tempo foi passando; a amizade dos homens cimentou-se em uma espécie de tédio amargo; querem evitar questões; mulheres criam questões.

Hoje seria ridículo pensar em trazer mulheres; a casa foi se carregando de cinzento, os móveis ficaram mais pesados, as sombras mais severas pela contínua presença de homens; se alguém colocasse em algum lugar um vaso de flores ou a gaiola de um canário, a censura muda dos móveis e das coisas, o olhar grave das paredes, a soturna irritação dos homens os transformariam lentamente em pequenos montes de cinza. Na verdade, aqui dentro se criou uma acomodação e um conforto grave, onde os homens não têm necessidade de sentir outra coisa a não ser que são homens e moram em uma casa de homens, entre coisas de homens.

O telefone era antigamente um elemento de perturbação; como não podiam dispensá-lo, os homens o encerraram em uma cabine; assim, cada um pode conversar à vontade com quem quiser, mesmo dizer facécias, sem que os outros tenham a obrigação odiosa de ouvir.

Sempre é possível admitir que no trato com pessoas estranhas – mulheres ou crianças, por exemplo – algum dos homens ainda use um tom ligeiro ou emotivo, que seria impróprio na severidade do convívio másculo. Na verdade, porém, a longa disciplina desse convívio aos poucos vai pesando no interior de cada homem.

Como estão envelhecendo, eles já saem menos de casa. É de crer que cada um juntará com seu trabalho um pequeno pecúlio que o dispense completamente de sair. Assim, os homens ficarão para sempre dentro da casa, com as cortinas descidas, e nem sequer mais se falarão; cada vez mais juntos e mais isolados pessoalmente, eles estarão preparados para morrer sem nenhuma lamentação; cada um será enterrado no quintal, e todos terão os olhos secos. Quando o último sucumbir sozinho, sem um gemido, o fantasma já deverá estar bastante denso para poder enterrá-lo. E como os fantasmas duram séculos, esse fantasma de homem ficará na casa em ruínas, severo e só, até que o último tijolo seja pó e a última pedra da casa se desfaça em pálida areia.

Fevereiro, 1954

CAÇADA DE PACA

Foi o português que trouxe a mangueira da Índia, foi o português que aprendeu, com o índio, a fazer redes, mas a ideia de armar a rede embaixo da mangueira é uma ideia toda brasileira. Creio que, ao longo dos quatro séculos e meio em que tentamos formar nos trópicos uma confusa civilização, esta foi a coisa mais bem combinada que chegamos a fazer. Esta profunda reflexão sociológica nasceu em meu fino espírito no último domingo, à tardinha, ao embalo de uma rede na sombra da mangueira; e daí para a frente meu espírito não produziu mais nada; apenas se deixou embalar junto com o corpo.

Havia uma brisa leve que tinha cheiro de mato; havia rolinhas que arrulhavam no calor meigo, no sono sereno; não era mais eu, era o Brasil que estava cochilando no bom domingo inventado por Deus especialmente para a gente poder ir ao sítio de Juca Chaves.

Depois começaram a falar de paca: conversa de paca é um negócio danado, como diz Cícero Dias. A gente começa a falar da carne da paca, fala de cachorro paqueiro, de espera da paca, então alguém diz que nesse mato tem paca e na fazenda vizinha tem um sujeito que é um bom caçador de paca, então adeus! Adeus rede, adeus sossego, adeus: o demônio da paca nos possui a todos, Tião vai pegar os cavalos, vamos conversar com o homem que tem cachorro para caçar paca, já chegamos no escuro, ainda disfarçamos, olhando a bruta sala de jantar da outra fazenda com seus imensos móveis de carvalho francês, carvalho francês é *chêne*, o velho retrato em tamanho natural, com *passe-partout* de veludo, da menininha que morreu há muitos, muitos anos, quando tinha cinco anos, depois combinamos tudo para 10 da noite no Alto do Veado, pois o homem disse: olhem que estive caçando paca desde a uma da madrugada até as três da tarde e não matei paca; meus cachorros estão cansados, mas não tem nada; minha paixão na vida é caçar paca, deixei de ser chofer no Rio de Janeiro porque lá não podia caçar paca; atraso a conta do armazém dois meses para comprar um cachorro que sabe trabalhar uma paca; já me botaram três contos de réis por esse cachorro aí, lá em São José do Rio Preto, e eu ando bem precisado de um dinheiro, mas não quis porque minha distração na vida é caçar paca, e esse cachorro – ah, o senhor vai ver esse cachorro atrás de uma paca!

Nessa conversa, eu que estava tão bonito na minha rede, aqui estou eu neste caminho escuro, nesta noite sem lua, sofrendo medo e cansando o braço e o corpo para conter em freio e bridão esse cavalo pai-d'égua; quem foi que disse que eu era peão? Vejo um vulto de égua, meu macho rincha, empaca, força o freio, estou suando; não é égua, é um poldro, diz Anti; eu digo que está bem, mas o poldro vem atrás, minha vontade é saltar no chão e fazer a pé essas duas léguas de noite; passamos a porteira mas não sei como o raio do poldro também passa a porteira, tenha paciência, Anti, vamos destrocar de cavalo, você é cavaleiro eu não sou, só sei andar bem mesmo é de táxi, me devolve meu manga-larga preto, não tem importância nenhuma esse defeito na mão.

E mais tarde saímos outra vez de caminhonete, mas é a pé que subimos morro, descemos morro tropicando na escuridão, já passa de meia-noite, os cachorros estão longe – coou, coou – lá vem a paca, apaga a luz e fecha a boca – coou, coou – não, a paca não vem, é uma hora, são duas horas, a paca está correndo, parece que virou o morro – coou, coou – a paca vem – tebéi! tebéi! – dois tiros de espingarda – cuim! cuim! – e o homem gritando lá embaixo no escuro: "Chumbaram meu cachorro!"

Então há uma grande discussão, era uma paca, eram duas pacas, mas ninguém viu paca; o moral da história é que havia cachaça demais para caçar paca e então erramos o caminho e acabaram os fósforos, voltamos subindo o morro, paramos no mato sem saber onde está a caminhonete, sim, havia cachaça demais e gasolina de menos, temos de voltar a pé, chegamos de madrugada e as mulheres ainda rindo de nós, perguntando: como é, cadê a paca? Foi Deus que fez o domingo, foi o brasileiro que armou a rede embaixo da mangueira e foi o Diabo que inventou a paca.

Março, 1954

O LAVRADOR

Esse homem deve ser de minha idade – mas sabe muito mais coisas. Era colono em terras mais altas, se aborreceu com o fazendeiro, chegou aqui ao Rio Doce quando ainda se podia requerer duas colônias de cinco alqueires "na beira da água grande" quase de graça. Brocou a mata com a foice, depois derrubou, queimou, plantou seu café.

Explica-me: "Eu trabalho sozinho, mais o menino meu." Seu raciocínio quando veio foi este: "Vou tratar de cair na mata; a mata é do governo, e eu sou 'fio' do Estado, devo ter direito." Confessa que sua posse até hoje ainda não está legalizada: "Tenho de ir a Linhares, mas eu 'magino' esse aguão..."

No começo não tinha prática de canoa, estava sempre com medo da canoa virar, o menino é que logo se ajeitou com o remo; são quatro horas de remo lagoa adentro. Diz que planta o café a uma distância de 10 palmos, sendo a terra seca; sendo fresca, distância de 15 palmos. Para o sustento, plantou cana, taioba, inhame, mandioca, milho, arroz, feijão. Disse que uma vez foi lá um homem do governo e proibiu ("empiribiu") armar fojos e mundéus, pois "se chegar a cair um cachorro de caçador, eles mete a gente na cadeia e a gente paga o que não possui".

Olho sua cara queimada de sol; parece com a minha, é esse mesmo tipo de feiura triste do interior. Conversamos sobre pescaria do robalo, piau, traíra. Volta a falar de sua terra e desconfia que eu sou do governo, diz que precisa passar a escritura. Não sabe ler, mas sabe que essas coisas escritas em um papel valem muito. Pergunta pela minha profissão, e tenho vergonha de contar que vivo de escrever papéis que não valem nada; digo que sou comerciante em Vitória, tenho um negocinho. Ele diz que o comércio é melhor que a lavoura; que o lavrador se arrisca e o comerciante é que lucra mais; mas ele foi criado na lavoura e não tem nenhum preparo. Endireita para mim o cigarro de palha que estou enrolando com o fumo todo maçarocado. Deve ser de minha idade – mas sabe muito mais coisas.

Maio, 1954

Cajueiro

O cajueiro já devia ser velho quando nasci. Ele vive nas mais antigas recordações de minha infância: belo, imenso, no alto do morro, atrás de casa. Agora vem uma carta dizendo que ele caiu.

Eu me lembro do outro cajueiro que era menor, e morreu há muito mais tempo. Eu me lembro dos pés de pinha, do cajá-manga, da grande touceira de espadas-de-são-jorge (que nós chamávamos simplesmente "tala") e da alta saboneteira que era nossa alegria e a cobiça de toda a meninada do bairro, porque fornecia centenas de bolas pretas para o jogo de gude. Lembro-me da tamareira, e de tantos arbustos e folhagens coloridas, lembro-me da parreira que cobria o caramanchão, e dos canteiros de flores humildes, "beijos", violetas. Tudo sumira; mas o grande pé de fruta-pão ao lado de casa e o imenso cajueiro lá no alto eram como árvores sagradas protegendo a família. Cada menino que ia crescendo ia aprendendo o jeito de seu tronco, a cica de seu fruto, o lugar melhor para apoiar o pé e subir pelo cajueiro acima, ver de lá o telhado das casas do outro lado e os morros além, sentir o leve balanceio na brisa da tarde.

No último verão ainda o vi; estava como sempre carregado de frutos amarelos, trêmulo de sanhaços. Chovera; mas assim mesmo fiz questão de que Carybé subisse o morro para vê-lo de perto, como quem apresenta a um amigo de outras terras um parente muito querido.

A carta de minha irmã mais moça diz que ele caiu numa tarde de ventania, num fragor tremendo pela ribanceira; e caiu meio de lado, como se não quisesse quebrar o telhado de nossa velha casa. Diz que passou o dia abatida, pensando em nossa mãe, em nosso pai, em nossos irmãos que já morreram. Diz que seus filhos pequenos se assustaram; mas depois foram brincar nos galhos tombados.

Foi agora, em fins de setembro. Estava carregado de flores.

Setembro, 1954

Floresta

Luxúria, luxuriosa, luxuriante... Gosto de ouvir essas palavras aplicadas à vegetação; é inútil pretender o dicionário nos informar que nesse caso elas apenas querem dizer viço. Não é apenas viço, é o vício do viço, é a exuberância do viço, é o sensualismo da mata dissoluta, em que as formas de vida se misturam, se matam, se amam.

Tudo, na floresta, é libertinagem e luta, os sexos das flores se afirmando em guerra sobre os verdes múltiplos. A ligeira visão da mata me devolve hoje a impressão de um dia remoto em que me arrisquei, sozinho, pelo seu recesso. Aquele sentimento de estar no seio de um organismo grande, imenso, feito de muitos outros, como um grande monstro de vida – e eu perdido no seu ventre, nos seus cabelos e viscosidades, na sua sombra, nos seus humores. A respiração pesada, os inumeráveis pequenos movimentos e os sutis gestos paralisados no sentido do sol, da água, da afirmação, da reprodução. A luta tramada, o corpo a corpo de troncos, cipós, ramos, raízes... E a vida animal que fervilha de insetos e répteis, aves, bichos pequenos e grandes, gritos, uivos, zumbidos, tudo repele o homem e ao mesmo tempo o aceita no seio do seu sofrimento.

Os que morreram de febre no meio da mata, esses devem ter vivido sua morte com uma estranha vida múltipla, devem ter morrido mais e ao mesmo tempo menos, tão estranho e total deve ser o sentimento de que seu ser será absorvido logo em carnes, folhas, asas, troncos, lodos, tudo úmido de vida, fremente de luxúria...

Novembro, 1954

O NOVO CADERNO

Meu caderno de endereços está velho demais, e começo a passar os nomes e números de telefone para um novo. É um trabalho fatigante: tenho de me esforçar para fazer boa letra, e chego à conclusão de que conheço muita gente, especialmente começando por A, L e M. Mas a fadiga não é apenas física; é também sentimental.

É fácil eliminar o nome do amigo que foi para o estrangeiro ou do simples conhecido com quem se teve um negócio a tratar e não se tem mais. Mas dá um certo remorso suprimir o amigo de quem a gente se afastou, embora sem culpa. É como se o estivéssemos riscando de nossa vida, jogando-o fora. E essa Maria para quem eu telefonava tanto, por que trazer seu número para o novo caderno? Sei muito bem que nunca mais lhe telefonarei; só o faria pela madrugada, bêbedo, mas há muitos anos não telefono mais quando bebo. De qualquer modo, porém, este pequeno trabalho me obriga a considerar o caso de Maria, a pensar no samba *Risque* de Ary Barroso, a ficar um pouco sentimental sobre essa espécie de falecimento de Maria.

Quanto a Joana, aqui está seu endereço escrito a lápis, apressadamente, um dia destes, em uma página errada. Conheço Joana há algum tempo, mas só há poucos dias tomei nota de seu telefone; transfiro-o a tinta para a primeira linha da página da letra J, e escrevo seu nome devagar, como quem faz um carinho.

Joana! Daqui a um ano, um ano e meio, quando este caderno estiver sujo e velho, com que mão, Joana, escreverei teu nome no caderno novo? Esse número que hoje não sei discar sem emoção, porque ouvir sua voz é como beber um licor que pode ser venenoso, esse número talvez não vá para outro caderno, mas fique preso na minha memória entretanto infiel, como um remorso ou uma saudade.

Outro dia em minha casa o telefone bateu, alguém disse "ahn" e quando ouviu minha voz dando o número pediu desculpas, embaraçada, e desligou depressa. Eu me engano facilmente, mas julguei reconhecer uma voz antigamente querida. Talvez tudo que tenha ficado de mim na lembrança dessa pessoa seja esse número de telefone preso no inconsciente, parado e inútil, que o acaso de uma distração fez vir à tona.

Todos nós somos um cemitério de números e de nomes; não somos nós, é a vida que os mata, mas nós carregamos seus pequeninos cadáveres secos. Talvez seja isso o que nos envelhece, o que dá uma contrariedade vazia a um momento de solidão, uma vaga tristeza ao dormir; às vezes parece que esses mortos se movem levemente...

Mas que importa a vida que se foi? Escrevo em maiúsculas – JOANA – e suspendo meu trabalho para discar seu número e lhe dizer que ela entrou de estandarte na mão, coroada de flores, no meu caderno novo.

Novembro, 1954

Rita

No meio da noite despertei sonhando com minha filha Rita. Eu a via nitidamente, na graça de seus cinco anos.

Seus cabelos castanhos – a fita azul – o nariz reto, correto, os olhos de água, o riso fino, engraçado, brusco...

Depois um instante de seriedade; minha filha Rita encarando a vida sem medo, mas séria, com dignidade.

Rita ouvindo música; vendo campos, mares, montanhas; ouvindo de seu pai o pouco, o nada que ele sabe das coisas, mas pegando dele seu jeito de amar – sério, quieto, devagar.

Eu lhe traria cajus amarelos e vermelhos, seus olhos brilhariam de prazer. Eu lhe ensinaria a palavra cica, e também a amar os bichos tristes, a anta e a pequena cutia; e o córrego; e a nuvem tangida pela viração.

Minha filha Rita em meu sonho me sorria – com pena deste seu pai, que nunca a teve.

Janeiro, 1955

Buchada de carneiro

Um dia, quando este mundo for realmente cristão, eu acho que ninguém terá coragem de matar um carneiro. Até que já devia ser pecado matar carneirinho. Tem tanto pecado na religião, que a gente por dentro mesmo não acha, não sente que é pecado – e matar um carneiro, ato bárbaro, contra um bichinho tão inocente, a balir, a chorar, é considerado coisa honesta! Entretanto, desejar a mulher do próximo é pecado. Vamos que seja pecado avançar na mulher do próximo, telefonar com más intenções para a mulher do próximo, dançar muito apertado com a mulher do próximo – mas cobiçar, meu Deus, não devia ser pecado, porque muitas vezes é somente castigo e aflição; eu que o diga!

Mas voltemos ao carneirinho; e contemos que tio Estácio carregou o bicho dentro da caminhonete horas e horas, o tempo todo ele chorando, como se adivinhasse o fim da viagem. Tio Estácio até chegou a botar um esparadrapo tapando a boca do bichinho para ele não se lamuriar mais, porque os balidos feriam a consciência, cortavam o coração dos algozes. Mas, de esparadrapo na boca, o carneirinho ficou tão infeliz, chorando para dentro, tão desgraçado, que tio Estácio tirou o esparadrapo. E durante horas continuou aquela triste lamentação. Foi de noite que eles chegaram ao sítio. Um camarada queria amarrar o carneirinho lá fora, onde ele pudesse comer capim, tio Estácio achou que era perigoso, tem muita cobra; "aliás, ponderou, como ele vai morrer amanhã, não convém que coma hoje; assim dá menos trabalho para limpar". Vejam que bom coração é o tio Estácio!

No dia seguinte, ao romper da alva, deu-se a execução, feita com requintes de técnica. Oh, se alguma senhora me lê, pare por aqui; eu sou um repórter fiel e tenho de contar tudo. A verdade é que não assisti ao ato nefando; tio Estácio também não; o carrasco foi Argemiro; o local, afastado da casa-grande. Ficamos tomando refresco de maracujá para acalmar os nervos, procurando não pensar no que estava acontecendo naquele momento. Juro que eu ainda tinha uma vaga esperança, um sonho louco de que o crime não se concretizasse, o carneirinho talvez pudesse fugir, ou talvez na hora o braço de Argemiro tombasse...

Mas aconteceu: uma paulada rija na cabeça e depois o bichinho, ainda vivo, foi sangrado.

É horrível pensar nisso. Vamos encerrar o assunto. Na verdade não houve mais nada. Apenas D. Irene passou o dia inteiro muito ocupada, dirigindo o serviço de duas negras e ela mesma trabalhando como doida.

No dia seguinte todo mundo acordou com um ar estranho, Lula e Juca disseram que nem queriam tomar café, Mário e Manuel chegaram de longe, havia alguma coisa no ar. Pelas duas ou três horas da tarde, essa coisa que estava no ar aterrissou na mesa.

Lá atrás eu falei de religião. Pois se há alguma coisa que pode dar uma ideia de céu, de bem-aventurança, de gostosura plena – é buchada. Intestinos e vísceras mil, sangue em sarapatel, tudo se confunde junto ao pirão, esse fabuloso pirão em que a gente sente a alma celestial do carneirinho. Devo dizer que os miolos foram comidos dentro do crânio, com toda a dignidade; e aquela parte em que o carneiro prova que não é ovelha foi petiscada frita – uma delícia. Comemos, comemos, comemos, comemos; e cada vírgula quer dizer pelo menos uma cachacinha, e o ponto e vírgula pelo menos duas. O ponto final foi um grande sono de rede. E se vocês além de tudo ainda querem saber o moral da história, direi baixinho, envergonhado e contrafeito, mas confessarei: o crime compensa.

Fevereiro, 1955

O GESSO

Talvez um dia eu mande passar para o bronze; mas me afeiçoei a essa cabeça de gesso encardido que é a única lembrança material que tenho daquela que partiu.

Seus olhos brancos parecem fitar um mundo estranho, contemplar alguma coisa além das coisas deste mundo. O ar é severo, quase triste. Mas sei como fazer vibrar essa imobilidade; minha arma é a luz. É com a luz que devagar e ternamente vou passeando os olhos pela face, a testa, a orelha delicada, os cabelos presos atrás por um laço. Então é como se os músculos ainda vivessem e os cabelos ainda tivessem o brilho macio, os lábios ainda pudessem se comprimir levemente, como se ela tivesse alguma palavra a dizer e não quisesse dizê-la.

O escultor não se deixou encantar pela sua beleza; trabalhou com dura honestidade, com lenta obstinação, menos preocupado em fazer uma obra de arte em si mesma que em retratar a mulher.

Quantas vezes vi esses olhos se rindo em plena luz ou brilhando suavemente na penumbra, olhando os meus. Agora olham por cima de mim ou através de mim, brancos, regressados com ela à sua substância de deusa.

Agora ninguém mais a poderá ferir; e todos nós, desta cidade, que a conhecemos um dia; e, mais que todos, aquele que mais obstinada, mais angustiosamente soube amá-la, aquele que hoje a contempla assim, prisioneira do imóvel gesso, mas libertada de toda a dor e toda a paixão tumultuária da vida – todos nós morremos um pouco na sua ausência.

Muitas vezes encontro sua lembrança em alguma esquina da cidade; subitamente me sinto viver uma tarde antiga, como se a vida tivesse voltado um instante – ouço aquela voz dizer o meu nome, o bater de seus saltos na calçada, ao meu lado. Mas são lembranças vivas, carregadas de prazer e de angústia. Doem-me. Paro um momento na rua, como se fosse para deixar a tarde antiga passar pelos meus ombros, levada pela brisa; paro um momento e regresso ao dia de hoje, com todos os jogos do destino já idos e jogados.

Mas à noite, quando volto para casa, a cabeça de gesso me espera – imemorial, neutra, severa, apenas quase triste. E minha ternura é toda sossego e pureza.

Fevereiro, 1955

Conheça outros títulos de Rubem Braga pela Global Editora

A seleção que compõe este *50 crônicas escolhidas* proporciona aos leitores um voo privilegiado sobre um universo de textos de nosso cronista maior. As amizades, as descobertas e desilusões do amor, os encantos do mundo natural, os atropelos da vida urbana são alguns dos temas tocados pelas crônicas de Rubem aqui reunidas, todas repletas de uma insuperável vitalidade, de um raro poder para cativar e até enternecer leitores de várias gerações.

As crônicas de *A borboleta amarela* foram publicadas entre janeiro de 1950 e dezembro de 1952. Graças ao seu lirismo e ao seu raro dom para captar e transmitir aquilo que parece sem importância, Rubem Braga não se furta a destacar em suas crônicas o que pode haver de misteriosamente belo nas angústias e incertezas que a vida apresenta, como também sinaliza para a fugacidade da plenitude, sentimento desejado por muitos em nosso planeta.

Em *A traição das elegantes* está presente o olhar de fascínio e encantamento de Rubem diante dos mistérios das moças de seu tempo, suas reflexões intimistas sobre os desacertos do coração, seu alumbramento em face das criações da natureza e suas imbatíveis divagações acerca de instantes de sua vida que ficaram guardados na memória.

Ai de ti, Copacabana! é o livro mais lembrado quando o nome do imbatível cronista Rubem Braga vem à tona. O livro traz crônicas do autor que se tornariam célebres como "História triste de tuim", "Os trovões de antigamente", "O padeiro", além da surpreendente crônica que dá nome ao livro – "Ai de ti, Copacabana!", – na qual Rubem faz uma espécie de ode ao bairro carioca, destacando seus vícios e virtudes.

Em *As boas coisas da vida,* Rubem Braga novamente se concentra nos seus grandes temas. O mar é um deles, e dos mais fortes. Outro tema crucial em suas crônicas é a infância, ou melhor, os ambientes e humores da sua infância que fazem dele também um grande memorialista.

Morro do Isolamento traz vinte crônicas que conjugam lirismo, mordacidade e humor, marcas incontornáveis do estilo incomum de Rubem Braga. Aqui temos o cronista *globe-trotter* que trabalhou em diversas redações, de Recife a Porto Alegre, de São Paulo a Santos, e no Rio de Janeiro, seu porto seguro, onde residiu a maior parte de sua vida.

O homem rouco é talvez o livro que melhor sintetiza o modo incomparável de Rubem Braga ver, perceber e narrar o mundo ao seu redor. Em algumas das crônicas presentes neste livro, saltam aos olhos as reflexões do cronista sobre seu ofício. Destacam-se também aquelas em que se pode apreciar a visão terna do cronista sobre os animais, além das crônicas em que o autor tece reflexões existenciais de seu modo peculiar a partir de um fato do cotidiano.

Um pé de milho reúne crônicas publicadas em vários jornais e revistas entre 1933 e 1947. Algumas, como "Passeio à infância" e "Em Cachoeiro", retratam a infância de Rubem Braga, enquanto que outras, como "História do Corrupião", "Receita de casa" e a obra-prima "Aula de inglês", reverberam a ironia e o humor do autor com bastante intensidade.

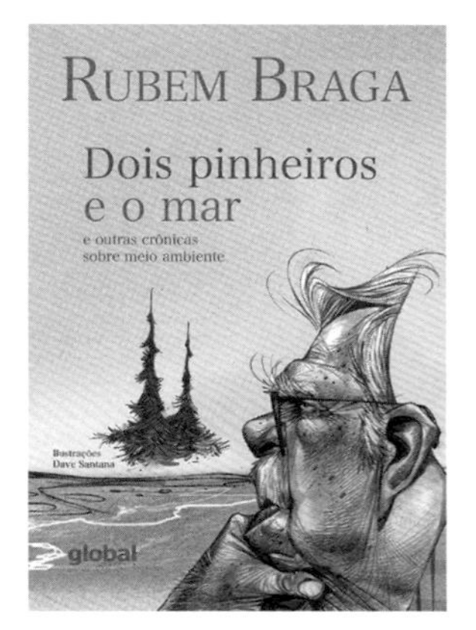

Neste *Dois pinheiros e o mar e outras crônicas sobre o meio ambiente* estão reunidas 21 crônicas inéditas em livro, publicadas em jornais e revistas entre 1948 e 1969. Nelas, "o sabiá da crônica" descreve não só a singeleza da fauna e da flora, como também clama aos homens que olhem com mais carinho e responsabilidade por este universo que, no fim das contas, garante a plena sobrevivência da humanidade.

Nas redações de jornais e revistas em que trabalhou, durante sua experiência como sócio na Editora do Autor e na Editora Sabiá e em diversos outros espaços, Rubem Braga sempre esteve rodeado por seus colegas de ofício. *O poeta e outras crônicas de literatura e vida* traz uma fração resultante destes encontros, os quais Rubem Braga, como não poderia deixar de ser, soube traduzir em memoráveis crônicas.

Impressão e Acabamento:

www.graficaexpressaoearte.com.br